स्वर संगम

AF740894

- कर्ण सिंह फलसवाल

KAVYA
PUBLICATIONS

Publisher:

SDR INNOWAYS INDIA PVT. LTD.
667, Rajaward, Kulpahar, Mahoba - 210426

Imprint:
KAVYA PUBLICATIONS
Plot No.107C, Hanuman Khand, Gulabvatika, Behta Hazipur, Loni-UP (Near Dilshad Garden Delhi) NCR - 201102

Mob. : 7905266820
Website : www.kavyapublications.com
E-Mail : info@kavyapublications.com

ISBN : 978-93-6431-303-2

Year : 2025

Copyright© KARAN SINGH PHALSWAL
This book is printed at MTL and published by author Ajay Agrawal, CEO of SDR Innoways India Pvt. Ltd. Kulpahar Mahoba with its imprint and centre, Kavya Publications Delhi.

All rights Reserved. No part of this publication may be reproduced, transmitted or stored in a retrieval system, in any form or by any means, electronic, mechanical, photocopying recording or otherwise, without the prior permission of the publisher.

पाठकों से

स्वर संगम मेरे भीतर से उठती हुई उस निरंतर गति का काव्य रूप है, जो कभी थमती नहीं, बहती रहती है। यहाँ शब्द किसी निश्चित छंद, तुक या नियम में नहीं बँधते, वे अपने आप बहते हैं, जीवन की लय, भाव और अनुभव के प्रवाह अनुसार आकार लेते हैं। यह संग्रह मेरे मुक्तछंद प्रयास के पहले संग्रह स्वर सरगम का स्वाभाविक निरंतर विस्तार है। जहाँ पहले संग्रह में क्षणिक अनुभूतियों और अंतर्मन के रूपक थे, वहीं स्वर संगम में ये भाव गहन प्रवाह और व्यापक दृष्टि के रूप में प्रकट होते हैं।

यह संग्रह जीवन की विभिन्न लहरों, संघर्षों और मौन के संवादों का प्रतिनिधित्व करता है। हर कविता पाठक को भीतर की यात्रा पर ले जाती है, जहाँ हर क्षणिक अनुभव स्थायी स्मृति बन जाता है, जहाँ पीड़ा और उल्लास का मिश्रण गहन संगीत बनकर आत्मा को छूता है।

स्वर संगम पाठक को आमंत्रित करता है — रुक कर मौन सुनने, भीतर की धड़कन महसूस करने और जीवन की गूढ़ लय से जुड़ने के लिए। यह संग्रह केवल शब्दों का खेल नहीं है, बल्कि आत्मा के संवाद और अनुभव का स्वरूप है।

यदि यह संग्रह पाठक को जीवन की लय, अनुभवों की गहराई और आत्मा की निरंतर यात्रा के साथ जोड़ने में सक्षम हो, तो मेरी यह काव्य यात्रा पूर्ण और सार्थक मानी जायेगी। यह संग्रह अपने पूर्ववर्ती संग्रह स्वर सरगम की नींव पर खड़ा, पाठक को मुक्तता, प्रवाह और अंतर्मन की अनुभूति का अवसर प्रदान करता है।

– कर्ण सिंह फलस्वाल

१. आत्म स्वरूप

आत्म स्वरूप न आँखों से दिखता है,
न शब्दों की पकड़ में आता है।
यह शून्य के भीतर का प्रकाश है,
बस मौन ही इसका परिचय है।

देह क्षणभंगुर है,
पर आत्म स्वरूप अजर-अमर।
काल और मृत्यु नहीं फटकते इसके पास,
यह तो अनंत सत्य की ज्योति है।

विचारों से पार, स्मृतियों से परे,
जहाँ न चाहतें, न भय शेष रहते हैं,
वहाँ आत्मा अपने आप से मिलती है
और ब्रह्म के साथ एकरस हो जाती है।

आत्म स्वरूप न बंधता है वासनाओं से,
न उलझता है यश-अपयश के जाल में,
यह साक्षी है सबका,
पर स्वयं अप्रभावित।

जो अपने भीतर झाँके निस्तब्धता में,
वही देख पाता इसको।
जो न देवता हैं, न प्रतीक, न रूप —
केवल अनुभूति है — "अहम् ब्रह्मास्मि।"

२. चाहतें

चाहतें केवल फूलों की तरह नहीं खिलतीं,
वे काँटों की धार पर भी जन्म लेती हैं।
मन उन्हें पकड़ना चाहता है,
पर वे हवा की लहरों सी फिसल जातीं हैं।

कभी वे आकाश छूने को लालसा बनती हैं,
कभी एक बूँद जल को तरसता हृदय।
कभी प्रेम का मधुर स्पर्श माँगती हैं,
कभी शांति का केवल एक क्षण भर।

चाहतें ही मनुष्य को आगे बढ़ाती हैं,
पर बंधन भी हैं उसके पाँवों में।
उनसे संघर्ष का संगीत गूँजता है,
और उन्हीं से थकान का बोझ उतरता है।

कभी वे शून्य में विलीन हो जाती हैं,
मानो उनका कोई अर्थ ही नहीं रहा।
फिर अचानक किसी क्षण में
वे जीवन का समस्त सार लगती हैं।

चाहतें ही मनुष्य को मनुष्य बनाती हैं,
वे स्वप्नों का आकार गढ़ती हैं,
और जब सब कुछ खो जाता है,
वे ही आशा का दीपक बनती हैं।

३ हाँ, है ना

हाँ, है ना—
यह जीवन अनमोल,
हर श्वास में नव ज्योति,
हर क्षण में नई संभावना।

हाँ, है ना—
प्रेम एक अटल सत्य,
जो बाँधे नहीं, उन्मुक्त करे,
और आत्मा को आत्मा से जोड़े।

हाँ, है ना—
ज्ञान जो अंदर से फूटे,
जो मौन को शब्द दे,
और शब्द को प्रकाश में बदल दे।

हाँ, हैं ना—
धरती, आकाश, नदियाँ, पर्वत,
सब एक ही सत्ता की गवाही देते,
सभी में एक ही आलोक की चमक।

हाँ, है ना—
वही सनातन सत्य,
मौजूद अनुभव के हर स्पर्श में,
और मुक्ति की हर आहट में।

४ होना, न होना

हवा चली, दीये की लौ डोल गई,
जैसे तेरा होना, न होना एक हो गया।
प्रेम ने फुसफुसाया—
"जहाँ खोज है वहाँ दूरी है,
जहाँ मिलन है, वहाँ 'हाँ' और 'ना'
दोनों मौन हैं।"

तू है भी, तू नहीं भी,
तेरा न होना भी तेरे होने की गवाही है,
जैसे साया धूप का अंग हो,
वैसे ही 'ना' भी 'हाँ' का रूप है।

राह पूछे— "क्या मंज़िल मिलेगी?"
दिल कहे— "हाँ",
पर कदम कहें— "ना, अभी नहीं",
और सफ़र ही मंज़िल का रहस्य खोल दे।

'होना, न होना' के इस अनंत खेल में,
प्रेमी और प्रिय एक हो जाते हैं,
और आत्मा कह उठती है—
"जो है, वह नहीं भी है,
और जो नहीं है, वही तो सच्चा है।"

५ थी

थी आहट, जो अब मौन हो गई,
थी एक छाया, जो धूप में विलीन हुई,
वह उपस्थिति थी क्षणिक, पर अमिट,
ज्यों स्वप्न, जो जागते ही स्मृति बन जाएँ।

थी मुस्कान, जो समय की रेत में खो गई,
थी वेदना, जो आँसुओं संग बह गई,
सब कुछ बीत गया—
पर था उसमें भी एक शाश्वत सत्य।

थी वह साँस, जिसने जीवन रचा,
थी वह दृष्टि, जिसने आकाश को छुआ,
अब केवल शून्य शेष है,
पर उस शून्य में भी उसकी गूँज है।

थी या नहीं थी— यही प्रश्न है,
अस्तित्व और अनस्तित्व का द्वंद्व,
पर अनुभूति कहती है—
जो थी, वह कहीं न कहीं अब भी है।

६ आत्मा क्या है?

आत्मा न जन्म से आती है,
न मृत्यु से जाती है,
वह न आरंभ जानती है, न अंत,
वह केवल अस्तित्व की शाश्वत गूँज है।

आत्मा दृश्य नहीं, पर दृश्य उसी से है,
वह शब्द नहीं, पर वाणी की जड़ वही है,
वह गति नहीं, पर गति का कारण है,
वह मौन नहीं, पर मौन का भी आश्रय है।

इंद्रियाँ उसे पकड़ नहीं पातीं,
विचार उसकी परिधि माप नहीं सकते,
बुद्धि जहाँ हार मान लेती है,
वहीं से आत्मा का प्रकाश फूटता है।

कभी वह दीपक की लौ सी स्थिर है,
कभी अनंत गगन की निस्तब्धता सी,
वह जल की गहराई में छिपा मोती है,
जिसे पाने को साधक जीवन गंवा देता है।

आत्मा है साक्षी—
वह देखती है, पर बाँधती नहीं,
वह जानती है, पर अहंकार नहीं करती,
उसकी पहचान ही मुक्ति है,
उसका साक्षात्कार ही सत्य का आलोक है।

७ अस्तित्व, अनस्तित्व का द्वंद्व

अस्तित्व है,
तो प्रत्यक्ष रूप में है—
दृश्य, स्पर्श्य, शब्दबद्ध;
पर क्या इतना ही उसका पूर्ण स्वरूप है?

अनस्तित्व है,
तो केवल शून्य नहीं,
उसमें भी छिपा है
संभावना का बीज,
अनजाने का रहस्य,
अनाम सत्य की गहराई।

अस्तित्व कहता है—
"मैं यहाँ हूँ, मुझे देखो,
मेरा होना ही प्रमाण है।"
अनस्तित्व फुसफुसाता है—
"मैं अदृश्य हूँ, पर मेरे बिना
तुम्हारा होना अधूरा है।"

जीवन का अर्थ शायद यही है—
इन दोनों के बीच से गुजरना,
क्षणिक और शाश्वत के बीच,
स्वयं की पहचान खोजना।

और अंततः
अस्तित्व और अनस्तित्व
दो नहीं रहते,
एक ही रहस्य की
दो धड़कनें बन जाते हैं।

८ यश, अपयश का जाल

यश है तो क्षणिक चमक है,
ज्योति-शिखा जो पल में बुझ जाए;
अपयश है छाया का घेरा,
भीतर का आलोक जो ढक न पाए।

लोगों की वाणी ही बुनती है यह जाल,
कभी प्रशंसा, कभी निंदा के तंतु;
पर आत्मा का स्वर कहता है—
"मैं न यश हूँ, न अपयश का बंधन।"

जो यश में बहकता है,
वह स्वयं से दूर हो जाता है;
जो अपयश में टूटता है,
वह अपने सत्य को खो बैठता है।

मुक्त वही है—
जो दोनों को देखे,
केवल खेल की भाँति,
और मौन हृदय में साक्षी बन जाए।

९ अजय, अमर का भाव

अजय वह नहीं
जो शत्रुओं को पराजित करे,
अजय वह है
जो स्वयं को जीत ले—
अपने ही भय और मोह पर अधिकार पा ले।

अमर वह नहीं
जो काल को रोक दे,
अमर वह है
जो हर क्षण को सत्य बना दे,
और स्मृति में शाश्वत छाप छोड़ जाए।

अजयता है आत्मा की निर्भय दृष्टि,
जो मृत्यु के सम्मुख भी अकंप बनी रहती है;
अमरत्व है उस सत्य का स्पर्श,
जो देह से परे भी अनुभव में जीवित रहता है।

यही भाव है—
जहाँ जीवन क्षणिक होते हुए भी
अविनाशी हो उठता है,
और मनुष्य सीमित होकर भी
अनंत का दूत बन जाता है।

१० विचारों से पार

विचार हैं तरंगें,
मन के सागर में उठती, गिरतीं—
क्षण भर उजाला बुनतीं,
क्षण भर अंधकार रचतीं।

पर सत्य वहाँ नहीं,
जहाँ शब्दों का शोर है;
सत्य वहाँ है,
जहाँ तरंगें थम जाती हैं।

विचारों के पार है मौन,
जिसमें न प्रश्न है, न उत्तर,
केवल अनुभूति का निस्सीम विस्तार,
केवल आत्मा का अपना आलोक।

विचार बाँधते हैं,
विचार मोहित करते हैं,
पर जो उनसे आगे बढ़े,
वह अमर साक्षी बन जाता है।

विचारों से पार—
वही आरंभ है,
जहाँ अंत दिखाई देता है;
वहीं मुक्ति है,
जहाँ शब्द मिटकर मौन में घुल जाते हैं।

११ प्रेम प्रतीक, प्रेम रूपक

प्रेम है प्रतीक
जग में छिपे उस अदृश्य सार का,
जो वृक्ष की छाया में शीतलता है,
जो नदियों की धारा में मधुर गान है।

प्रेम है रूपक
जिससे सत्य अपनी भाषा गढ़ता है,
ज्यों दीपक अंधकार को समझाता है,
ज्यों मेघ धरती को अमृतिलस बनाता है।

प्रेम है प्रतीक
मानव की दया और करुणा भाव का,
जहाँ हृदय का स्पर्श
ईश्वर की प्रतिमा-सा झलकता है।

प्रेम है रूपक
जीवन की उस लय का,
जो जन्म और मृत्यु को जोड़ती है,
और शाश्वत में क्षणिक का मेल कराती है।

प्रेम अंततःन प्रतीक है, न रूपक,
वह स्वयं सत्य है,
जो हर प्रतीक को अर्थ देता है,
और रूपक को आलोकित कर जाता है।

१२ शांति का केवल एक क्षण

शांति का केवल एक क्षण—
मानो अनंत का आलिंगन,
जहाँ समय ठहर जाता है,
और मन मौन हो जाता है।

उस क्षण में
न यश है, न अपयश,
न स्मृति है, न आकांक्षा,
केवल शुद्ध उपस्थिति है।

वह क्षण है
सभी प्रश्नों से परे,
जहाँ उत्तरों की आवश्यकता नहीं,
क्योंकि आत्मा स्वयं उत्तर बन जाती है।

शांति का केवल एक क्षण
संसार का सर्वस्व बदल देता है,
क्षणिक को शाश्वत बना देता है,
और बिखरे मन को अखंडता में जोड़ देता है।

उस एक क्षण में अनुभव होता है—
कि जीवन संघर्ष नहीं,
बल्कि मौन में छिपा
सत्य का मधुर संगीत भी है।

१३ और दीये की लौ डोल गई

और दीये की लौ डोल गई,
मानो जीवन ने साँस ली;
क्षणिक भय से कांपा प्रकाश,
पर बुझा नहीं— जीवित रहा।

यह डोलना ही उसका संगीत है,
अंधकार से जूझते हुए भी
वह अपनी आभा बिखेरता है,
जैसे संघर्ष ही उसका सौंदर्य हो।

दीये की लौ डोलती है,
तो स्मरण कराती है—
स्थिरता केवल मौन में नहीं,
चलन में भी सत्य छिपा है।

जीवन भी ऐसा ही है—
झोंकों से डगमगाता,
पर हर डोल में नया संतुलन पाता,
और अस्तित्व को बचाए रखता।

और जब लौ डोली,
तो प्रतीत हुआ—
मृत्यु के समीप भी
जीवन की धड़कन अबाध है।

१४ बिना बताए, कहाँ हो तुम?

बिना बताए, कहाँ हो तुम?
सपनों की राहों में मैं चलता रहा,
हर आहट को तुम्हारी समझा,
और चेहरों में तुम्हारा चेहरा खोजा।

तुम्हारी हँसी की गूँज अब भी सुनती है,
पर तुम दिखते नहीं कहीं;
जैसे बादल बरसे बिना ही गुजर जाएँ,
या धूप बिना ही दिन ढल जाए।

बिना बताए, तुम क्यों चले गए?
मैंने तो हर शब्द संभाल कर रखा था,
हर वादा दिल में अंकित किया था,
फिर भी दूरी ने दीवार क्यों खड़ी की?

रात की चुप्पी में तुम्हारा नाम पुकारता हूँ,
सितारों से पूछता हूँ तुम्हारा ठिकाना,
पर वे भी खामोश हो जाते हैं,
बस चाँद मेरी आँखें भिगो देता है।

बिना बताए, कहाँ हो तुम?
तुम्हारी कमी हर साँस में खलती है,
वापस आओ कि यह मन कह सके—
तुम हो तो जीवन अब भी पूरा है।

१५ संघर्ष का संगीत

संघर्ष है
जीवन की मौन धुन—
कभी कठोर, कभी कोमल,
कभी तूफ़ान सा, कभी सरगम सा।

हर आघात में छिपा है
सृजन का कोई स्वर,
हर पीड़ा में गूँजता है
धैर्य का कोई आलाप।

संघर्ष ही रचता है वह लय
जिससे आत्मा प्रखर होती है,
जो टूट कर भी संपूर्ण रहती है,
और हार कर भी विजयी हो जाती है।

यह संगीत सुनाई देता है
केवल उन कानों को,
जो भीतर के मौन से जुड़े हों,
और जीवन को वाद्य मानते हों।

संघर्ष का यही संगीत
अंततःमुक्ति का राग बन जाता है,
जहाँ वेदना भी मधुर हो उठती है,
और जीवन स्वयं कविता बन जाता है।

१६ जीवन की धड़कन

जीवन की धड़कन
सिर्फ हृदय की गति नहीं,
वह तो शाश्वत संगीत है,
जो सृष्टि के कण-कण में गूँजता है।

हर श्वास के आरोह-अवरोह में
उसका राग सुनाई देता है,
हर पीड़ा और उल्लास में
उसकी लय झलक उठती है।

धड़कन कहती है—
"मैं क्षणभंगुर नहीं,
मैं अनादि से अनंत तक
प्रवाहमान चेतना हूँ।"

और जब मन मौन हो जाता है,
तब यह धड़कन स्वयं प्रकट होती है—
जैसे ईश्वर की अदृश्य वीणा
भीतर ही भीतर गा रही हो।

१७ अमृतिलस

क्षणभंगुर देह के पार
अनश्वर चेतना का स्पंदन है;
वह जो समय की धारा में नहीं बँधता,
अमृतिलस उसी का झिलमिल संकेत है।

जग में जहाँ नश्वरता का आवरण है,
वहीं अंतस्थ शाश्वत की आभा छिपी है;
मृत्यु की नीरव छाया के मध्य
जीवन का दिव्य अमृत छलक उठता है।

वाणी जहाँ मौन में विलीन हो जाती है,
विचार जहाँ अपने ही तट तोड़ देते हैं,
उस रिक्ती में, उस गहन निस्तब्धता में
अमृतिलस अनाहत ध्वनि बनकर प्रतिध्वनित होता है।

नश्वर पथिक पग थक कर रुक जाए,
किन्तु आत्मा का आलोक अजेय है;
जो इस दिव्य रस का स्पर्श पा ले,
वह मृत्यु में भी अमरत्व का अनुभव करता है।

अमृतिलस है आत्मा का प्रकट स्वरूप,
अनस्तित्व में भी अस्तित्व की झलक;
यह वही ज्वाला है जो बुझती नहीं,
वही ज्योति जो काल को लाँघ जाती है।

१८ तपता मरुस्थल

रेत की असीमित चादर पर
सूर्य ज्यों अग्निबाण बरसाता है,
हर कण में धधकती विरक्ति,
हर श्वास में जलती है प्यास।

मृगतृष्णा यहाँ सत्य का रूप धरती,
हर दृष्टि को भ्रमित कर जाती,
जग की चाहतें जल-चित्र सी टूटतीं,
और शून्य का वर्चस्व प्रकट हो जाता।

पग थकते हैं, दिशा विलीन हो जाती है,
मौन के अतिरिक्त कुछ भी शेष नहीं;
इस रिक्ती में आत्मा स्वयं से टकराती,
और भीतर का रहस्य उद्घाटित होता।

मरुस्थल की तपन साधना का ताप है,
वासनाएँ राख होकर गिर जातीं;
जहाँ जीवन का आवरण झुलसता है,
वहाँ आत्मा का दीप अजर जल उठता।

तपते मरुस्थल का यह नीरस विस्तार,
मृत्यु और जीवन के पार का संकेत है;
जहाँ अंतहीन रिक्ती में अनहद गूँजती,
अमृतिलस आत्मज्ञान की अनश्वर ध्वनि।

१९ ढलती आहटें

क्षणभंगुर पलों की छाया में
जीवन की आहटें ढलती जातीं,
ज्यों संध्या में सूर्य का उजास
धीरे-धीरे क्षितिज में खो जाता।

हर स्वर जो कभी गूँजता था प्रखर,
अब मौन की गोद में विलीन होता हुआ;
यादों की रजनीगंधा महकती रहती,
किन्तु देह का बंधन चुपचाप टूटता।

आहटों का ढलना मात्र क्षय नहीं,
यह नये आरंभ का भी संकेत है;
जहाँ मृत्यु की छाया उतरती है,
वहीं अमरता का द्वार खुल जाता।

जीवन की दौड़ में थकता मन,
लाचारी और उल्लास का संगम,
कभी आँसुओं में पीड़ा का सत्य,
कभी मुस्कान में आत्मा की आभा।

ढलती आहटें हमें सिखाती हैं—
नश्वरता ही अनंत का मार्ग है;
हर बिछुड़न में एक मिलन छिपा है,
हर अंत में अमरत्व की झलक।

२० कालातीत स्पर्श

क्षणभंगुर देह की सीमाओं से परे,
कहीं अज्ञात में बसा है शाश्वत स्पर्श,
जो समय की धाराओं से अछूता है,
और आत्मा को अनदेखा आलोक देता है।

वह स्पर्श न शब्दों में बँध सकता,
न ध्वनियों में, न रूप की परिधि में;
केवल मौन की गहराई में उतर कर
मन उसकी झलक भर पा सकता है।

जन्म की किलकारी और मृत्यु की आह,
दोनों उसी के घेरे में लय पाते हैं,
उसकी छाया में पीड़ा भी पवित्र हो जाती,
और उल्लास अपनी सीमाएँ भूल जाता।

कभी वह स्पर्श आकाश में वायु सा बहता,
कभी आँसुओं में नमक सा घुल जाता;
कभी प्रार्थना में अग्नि सा दहकता,
कभी मौन में हिमकण बन टिक जाता।

और अंततःजब आत्मा आवरण छोड़ती,
तो उसी कालातीत स्पर्श में समा जाती—
जैसे बूंद सागर में मिलकर सागर हो जाए,
जैसे स्वप्न वास्तविकता में खोकर सत्य बन जाए।

२१ स्वर संयोजन

जीवन कोई अकेला स्वर नहीं,
अनेक ध्वनियों का मेल है,
जहाँ करुणा, उल्लास और मौन
एक ही राग में गूँजते हैं।

कभी स्वर टकराते हैं,
कभी एक-दूसरे में घुल जाते;
मानो संघर्ष और सामंजस्य
एक ही धुन के दो पक्ष हों।

हर आत्मा अपने भीतर
एक विशिष्ट तान सँजोए है,
पर ब्रह्मांड की महाध्वनि में
सबका मिलन अनिवार्य है।

स्वर संयोजन का यह रहस्य
हमें सिखाता है—
अकेला सुर सुंदर है,
पर समवेत राग ही अमर होता है।

और जब अंतिम क्षण आता है,
तब आत्मा का स्वर
अनंत के महासंगीत में
शांत लय बनकर विलीन हो जाता है।

२२ छिपी हुई परछाई

हर उजाले के पीछे
एक छिपी हुई परछाई है,
जो साथ चलती है
पर कभी अपने को प्रकट नहीं करती।

वह मौन का वेश धारण कर
मनुष्य की दृष्टि से बच निकलती है,
जैसे सत्य अर्धरात्रि में
तारों की ओट में छिपा हो।

जीवन के हर उत्सव में
उसकी हल्की थरथराहट है,
मानो हँसी के भीतर
स्मृति का कोई गहन अंतर्नाद दबा हो।

परछाई केवल अंधकार की दासी नहीं,
वह आत्मा की भी सखी है,
जो बताती है कि हर प्रकाश
स्वयं से अधिक किसी गूढ़ स्रोत से जन्मा है।

और जब देह की यात्रा थमती है,
वह परछाई अंततः मिल जाती है
उस अदृश्य अनंत में,
जहाँ सब छवियाँ जन्म लेती हैं।

२३ जीवन एक राग

जीवन कोई स्थिर चित्र नहीं,
यह सुरों का बहता हुआ प्रवाह है,
जहाँ जन्म की पहली ध्वनि
अस्तित्व की वीणा पर झंकृत होती है।

कभी यह राग करुणा में डूबता है,
कभी उल्लास की झंकार में गूँजता है,
कभी मौन की गहराई में
स्वयं अपनी प्रतिध्वनि खोजता है।

पीड़ा इसकी गंभीर तान है,
आनंद इसकी उजली लय,
और संघर्ष वह आलाप है,
जो राग को गरिमा प्रदान करता है।

मनुष्य जब अपने स्वर को
सृष्टि की अनंत धुन से मिलाता है,
तभी उसका जीवन
एक पूर्ण संगीत बन पाता है।

और अंततः मृत्यु भी
इस राग का समापन नहीं,
बल्कि एक नये स्वर संयोजन से
नव यात्रा का आरंभ है।

२४ प्राणों का उत्सव

हर साँस में छिपा है
एक नया आरंभ,
मानो सृष्टि स्वयं
मनुष्य के भीतर पुनःजन्म ले रही हो।

प्राण केवल देह संचार नहीं,
यह जीवन की गुप्त ज्वाला है,
जो अंधकार में भी
आलोक का दीपक जलाए रखती है।

हर्ष और विषाद
दोनों इसके उत्सव के स्वर हैं,
जहाँ रोने में भी
जीवन की धड़कन गाती रहती है।

जब मन मौन हो जाता है,
प्राण तब भी नृत्य करते हैं,
मानो आत्मा और ब्रह्मांड के बीच
गुप्त संवाद चल रहा हो।

और अंत में मृत्यु भी
इस उत्सव का अंत नहीं,
वह केवल स्वर परिवर्तन है,
अनंत संगीत में विलीन होने का।

२५ स्वर स्पंदन

हर हृदय में गूँजता है
एक अदृश्य स्वर,
जो शब्दों का मोहताज नहीं,
केवल अनुभूति से पहचाना जाता है।

यह स्वर कभी पीड़ा की लय है,
कभी आनंद का उल्लास,
और कभी मौन की गहराई में
एक कंपन मात्र।

स्वर का यह स्पंदन
जीवन का गुप्त आलोक है,
जो शून्य को भी
एक अर्थपूर्ण नाद में बदल देता है।

यह स्पंदन आत्मा और ब्रह्म के बीच
एक सूक्ष्म सेतु है,
जहाँ ध्वनि और मौन
एक ही तत्व में विलीन हो जाते हैं।

और आखिर जब देह थम जाती है,
तब भी यह स्वर स्पंदन शेष रहता है,
अनंत के राग में
शाश्वत रूप से गूँजता हुआ।

२६ केवल काव्यात्मक सत्य

काव्य में जन्मा हर रूप, हर शब्द
असत्य नहीं, पर साक्षात भी नहीं,
वह केवल प्रतीक है अनुभूति की लौ का,
जो केवल हृदय में जलती है, बाहर नहीं।

अवतार, ईश्वर, धर्म, अधर्म—
सबकी छवि कविता में बंधी है,
जो दिखती है वह कल्पना है,
जो महसूस होती है वही सत्य है।

इतिहास, कथाएँ, परम्पराएँ—
सब अनुभवहीन मार्गदर्शक हैं,
सत्य केवल चेतना में निश्चित है,
जहाँ शब्द से अधिक भाव का वजन है।

यदि खोजो बाहर,
तो केवल प्रतीक और रूप मिलेंगे,
जो भीतर है, वही वास्तविक है,
काव्य और विचार उसी की झलक हैं।

इसीलिए मानते हैं,
ये सब काव्यात्मक, दार्शनिक रचनाएँ हैं—
मात्र यही सत्य है इनका,
और यही हैं रामायण और गीता।

२७ आत्मा की आँखें

जब देह की आँखें बंद होती हैं,
तभी आत्मा की आँखें खुलती हैं।
वह देखती है वह सब,
जो दृष्टि की सीमा से परे है।

वह देखती है मौन में छिपे स्वर,
वह सुनती है अंधकार में छिपा प्रकाश,
वह समझती है वह अर्थ,
जो शब्दों से कभी व्यक्त नहीं होता।

आत्मा की आँखें दर्पण नहीं,
वे स्रोत हैं सत्य के,
जो भीतर से बाहर को प्रकाशित करती हैं।

जब मन स्थिर होता है,
और समय थम जाता है,
तब आत्मा की आँखों में
ब्रह्मांड अपनी ही छवि देखता है।

२८ अनकहा संवाद

कभी-कभी दो आत्माएँ मिलती हैं,
बिना शब्दों के,
बिना परिचय के,
बिना किसी कारण के।

वह मिलन न दृष्टि का होता है,
न स्पर्श का,
बस एक मौन लहर उठती है
जो दोनों को एक कर देती है।

वह संवाद अनकहा रहता है,
पर उसका अर्थ अमर होता है।
शब्द भूल जाते हैं,
पर अनुभूति जीवित रहती है।

यह अनकहा संवाद
प्रेम का सबसे सच्चा रूप है,
जहाँ कहा कुछ नहीं जाता,
पर सब कुछ सुनाई देता है।

२९ मौन का संगीत

मौन कोई रिक्तता नहीं,
वह तो सबसे गूंजता हुआ स्वर है,
जो तभी सुनाई देता है
जब भीतर की हलचल थम जाती है।

वाणी का अंत मौन नहीं है,
वाणी का स्रोत मौन है।
वह वह स्थान है
जहाँ शब्द जन्म लेते हैं
और फिर उसी में विलीन हो जाते हैं।

मौन में जो सुनाई देता है
वह संगीत नहीं, अनुभूति है।
उसमें कोई लय नहीं,
पर लय का मूल वहीं है।

जो मौन को सुन लेता है,
वह ब्रह्मांड का राग सुन लेता है,
और वही जान पाता है—
कि शब्द सत्य नहीं,
सत्य तो मौन में ही निहित है।

३० अंतर्मन का सागर

मन के भीतर एक सागर है,
जिसकी लहरें कभी स्थिर नहीं होतीं।
विचार उसकी सतह पर उठते हैं,
भावनाएँ उसमें डूबती और उभरती रहती हैं।

यह सागर शांत भी है और प्रचंड भी,
गहरा भी है और अनंत भी।
उसकी गहराई में उतरने वाला
स्वयं को पहचान लेता है।

ऊपर की हलचलें
सिर्फ लहरों का भ्रम हैं,
सत्य तो उस निस्तब्ध गहराई में है
जहाँ कोई द्वंद्व नहीं,
केवल शांति का आलोक है।

जब साधक भीतर उतरता है,
तो वह देखता है—
कि सागर और मैं अलग नहीं,
हम दोनों एक ही जल हैं,
एक ही अनंत प्रवाह।

३१ अनदेखी राहें

कुछ राहें दिखती नहीं,
पर वे सबसे सच्ची होती हैं।
वे मन के भीतर खुलती हैं,
जहाँ कदम नहीं, संकल्प चलता है।

इन राहों पर कोई मंज़िल नहीं,
बस खोज है, अनुभव है,
और हर मोड़ पर एक नया सत्य।

कभी यह राह मौन में जाती है,
कभी प्रार्थना में,
कभी पीड़ा की धूप में,
तो कभी आनंद की छाया में।

अनदेखी राहों पर चलने वाला
कभी अकेला नहीं होता,
क्योंकि उसकी संगत
स्वयं ब्रह्म का प्रकाश करता है।

३२ प्रार्थना का अर्थ

प्रार्थना शब्द नहीं है,
यह एक अनुभूति है—
जो भीतर से उठती है,
बिना मांगे, बिना कहे।

जब मन झुकता है,
और अहंकार पिघलता है,
तभी प्रार्थना जन्म लेती है।

यह न किसी देवता को पुकार है,
न किसी वरदान की चाह,
यह तो आत्मा का आत्मा से मिलन है,
जहाँ केवल समर्पण होता है।

प्रार्थना वही है,
जहाँ मौन बोलता है,
और प्रेम स्वयं उत्तर बन जाता है।

३३ स्मृति की लहरें

स्मृतियाँ आती हैं
जैसे सागर की लहरें—
कभी कोमल, कभी प्रचंड,
कभी दर्द से भीगी,
कभी मुस्कान में डूबी।

हर स्मृति एक दर्पण है
जिसमें बीता हुआ वर्तमान बन जाता है।
वह सिखाती है कि
समय गुजरता नहीं, बस रूप बदलता है।

कभी कोई आवाज़ सुनाई देती है
जो अब नहीं है,
पर उसका कंपन अब भी
दिल की सतह पर लहराता है।

स्मृति हमें रोकती नहीं,
वह हमें गहराई में ले जाती है,
जहाँ बीता हुआ
हमारे भीतर फिर से जी उठता है।

३४ प्रतीक्षा का अर्थ

प्रतीक्षा केवल इंतज़ार नहीं,
यह विश्वास का दूसरा नाम है।
वह क्षणिक ठहराव नहीं,
बल्कि आत्मा की स्थिरता का प्रमाण है।

प्रतीक्षा वही कर सकता है
जिसे विश्वास है कि
जो उसका है, वह अवश्य आएगा।

यह न आशा है, न अधीरता,
यह तो मौन साधना है—
जहाँ हर क्षण एक दीप बन जाता है।

प्रतीक्षा में छिपा है धैर्य का सौंदर्य,
जहाँ समय भी नम्र हो जाता है,
और मन सीखता है—
हर विलंब में कोई रहस्य छिपा है।

३५ आत्मदर्शन

जब हम दूसरों को देखना छोड़ देते हैं,
और भीतर झांकते हैं,
तभी आत्मदर्शन आरंभ होता है।

यह न रूप में है, न विचार में,
यह तो उस मौन में है
जहाँ 'मैं' और 'तू' दोनों मिट जाते हैं।

आत्मदर्शन कोई घटना नहीं,
यह एक यात्रा है—
जो अंधकार से होकर
प्रकाश की ओर जाती है।

और जब अंततःआत्मा स्वयं को पहचान लेती है,
तब यह ज्ञात होता है—
कि खोजने वाला और खोज
दो नहीं, एक ही हैं।

३६ सही या ग़लत? कौन जाने

निर्णयों की धूप-छाँव में
मन कभी प्रकाश में नहाता है,
कभी अंधकार की चादर ओढ़ लेता है।
सही और गलत —
दो छोर हैं जिनके बीच आत्मा भटकती है।

किसे कहा जाए सत्य?
जो समाज स्वीकार करे,
या जो भीतर से अडिग विश्वास बनकर उठे?
पर कौन मापे उस विश्वास की गहराई?

त्रुटि और सद्गति
अक्सर एक ही राह पर चलते हैं।
केवल दृष्टि बदलने से अर्थ बदल जाता है।
मनुष्य का मापदंड —
क्या स्वयं में स्थिर है?

शास्त्र कहते हैं कुछ,
अनुभव गढ़ता है कुछ और,
और आत्मा की पुकार
कभी किसी से मेल नहीं खाती।

शायद यही प्रश्न शाश्वत है —
सही या ग़लत? कौन जाने?
शायद जीवन का सत्य
इसी अनुत्तर में छिपा है।

३७ और कारवाँ चलता रहा

पगचिह्न धूल में विलीन होते गए,
पर पथ की रेखाएँ मिटी नहीं।
अनगिन यात्रियों की थकान, उनकी साँसें,
अब भी गूँजती हैं पवन की गहराई में।

कभी आँसू, कभी हँसी,
कभी असफलता का स्वाद,
तो कभी विजय का नशा —
सब एक ही धारा में बहते गए।

रुकावटें दीवार बनीं,
पर कदम दीवार से ऊँचे उठे।
छाया गहरी हुई,
तो भी दीयों ने रास्ता दिखाया।

समय का शंख बजता रहा,
हर ठहराव एक नया प्रारंभ बना,
हर अंत एक नई सुबह की आहट।
और कारवाँ चलता रहा —
स्मृतियों को पीछे छोड़ता,
आशाओं को आगे गढ़ता हुआ।

३८ जहाँ अपना पराया कोई नहीं

जहाँ अपना पराया कोई नहीं,
वहाँ मन शांति की गहराई में उतरता है।
धड़कनें भी धीरे चलती हैं,
और विचार अपने आप से बातें करते हैं।

न कोई अपेक्षा, न झिझक,
केवल मौन और अंतर्मन की गूँज।
क्षणों का बहाव धीरे-धीरे पिघलता है,
जैसे हिम से झरता शीतल जल।

वहाँ भय नहीं, न मोह का भार,
केवल आत्मा की स्वतंत्र यात्रा।
हर साँस में समंदर की विशालता,
हर दृष्टि में अनंत आकाश का विस्तार।

जहाँ अपना पराया कोई नहीं,
वहाँ प्रेम किसी बंधन का मोहताज नहीं।
सिर्फ अस्तित्व की सरलता,
सत्य की नग्नता और जीवन का साक्ष्य।

३९ सहज, सरल अस्तित्व

कोई दिखावा नहीं, कोई आड़ नहीं,
केवल श्वासों की गूँज है यहाँ।
मन की गहराई में उतरकर देखो,
सत्य अपने ही रूप में सामने आता है।

पथरीले संघर्ष और शोर से परे,
अस्तित्व की सरलता शांति की छाया है।
हर वस्तु, हर क्षण, हर साँस में
अनंत की हल्की लहर महसूस होती है।

न समय का बंधन, न भय,
केवल यह पल और इसका होना।
जहाँ न कोई अपेक्षा, न कोई मोह,
सिर्फ आत्मा की सहज यात्रा।

जो कुछ भी है, वही पर्याप्त है।
सरलता में ही जीवन का सार है,
जहाँ हर चीज़ अपने आप में पूर्ण है।

४० उसे नकार नहीं सकते

कुछ ऐसे सत्य होते हैं
जिन्हें शब्द नहीं ढक सकते,
पर वे स्वयं उद्घाटित हो जाते हैं
जैसे प्राची में पहली किरण।

अस्तित्व की जड़ में बना वह तत्व
न तर्क से मिटता है, न विवाद से।
उसे नकारना वैसा ही है
जैसे दर्पण में अपना चेहरा छिपाना।

हम बहस कर सकते हैं,
संदेहों के जाल बुन सकते हैं,
पर अंततःमौन में स्वीकारना पड़ता है
कि वह भीतर विद्यमान है।

वह श्वास की तरह अनिवार्य है,
समय की तरह अपरिहार्य।
चाहे हम पहचानें या अनदेखा करें,
उसकी सत्ता स्थित रहती है।

उसे नकार नहीं सकते —
क्योंकि वही आधार है, वही सहारा,
वही हमें भीतर से जोड़ता है,
वही हमें पूर्णता का बोध कराता है।

४१ इतना ही बस, न अधिक, न अतिरेक

जीवन का स्वाद वही मधुर है
जहाँ तृप्ति और संयम साथ हों।
अत्यधिक चाह न सुख देती है,
अतिरेक से सरलता खो जाती है।

इतना ही बस — जितना आवश्यक।
शेष सब बोझ मन पर चढ़ता है।
साधारण में ही छिपा है वैभव,
अधिकता केवल शून्य रचती है।

जल की बूँद से प्यास मिट जाती है,
सागर पीने की आवश्यकता नहीं।
अनाज के दाने से भूख शांत होती है,
पर्वत ढोने की विवशता नहीं।

जहाँ सीमा है, वहीं संतुलन है,
जहाँ माप है, वहीं स्थिरता है।
अतिरेक का अंत शून्यता है,
संयम का फल ही समरसता है।

इतना ही बस — जीवन का सार यही है,
न अत्यधिक, न अभाव का शोक।
मध्य मार्ग ही शाश्वत है,
यही सच्चा सुख, यही धर्मलोक।

४२ कैसे हो, नहीं है जो

मन में उठता विचार प्रश्न करता है —
कैसे हो, जो है ही नहीं?
क्या यह केवल कल्पना का साया है
या चेतना का अनकहा रहस्य?

जो दृश्य नहीं, फिर भी आकृष्ट करे,
जो स्पर्श न हो, फिर भी स्पंदित करे —
यह क्या वास्तविकता से परे
किसी अन्य सत्ता का संकेत है?

हम अनगिन छवियाँ गढ़ते हैं —
शून्य में स्वर, मौन में गान।
फिर पूछते हैं स्वयं से —
क्या यह सब केवल भ्रांति है?

'होना' और 'न होना'
दो विपरीत ध्रुव प्रतीत होते हैं,
परंतु इनके बीच ही छिपा है
अस्तित्व का रहस्यमय संतुलन।

कैसे हो, जो है ही नहीं?
यह प्रश्न ही उत्तर माँगता है —
जहाँ उत्तर शब्दों से परे होता है,
जो बस अनुभव में ही उजागर होता है।

४३ खुद से साक्षात हो जाए तो

बाहर भीड़ से हटकर जब मन भीतर लौट आए तो
वहाँ मौन की गहराई में खुद से खुद मिल जाएगा।

न कोई पर्दा, न कोई दिखावा —
केवल नयन का उजला प्रतिबिंब,
जहाँ आत्मा खुद से संवाद करे
और सत्य आलोक प्रकट हो जाए।

हर गुण-दोष दिखे सामने,
जैसे दर्पण में चेहरा उभरे,
स्वीकार का साहस जाग उठे
और भ्रम के बादल छँट जाएँ।

वह क्षण कठिन, पर पावन होगा,
जहाँ स्वयं को हम न नकार सकें।
वही बिंदु है आत्मबोध का,
जब भीतर का सत्य मुखर हो जाए।

जीवन को बड़ा वरदान है यह —
कि भ्रम आवरण सब छँट जाए,
मन निर्मल हो, दृष्टि शुद्ध हो,
जब खुद से खुद का मिलन हो जाए।

४४ अलग राग

भीड़ के स्वर में खो न जाएँ,
मन कोई अपना ही सुर रच लेता है।
जहाँ लहरें दिशा बदलें,
वहाँ नाव अकेली भी चल ले।

समान स्वर सहज लगते हैं,
पर मौलिकता नहीं खिलती है।
जहाँ अलग राग गूँज उठे,
तो आत्मा की तान सुनाई दे।

लोग कहें यह भिन्न है,
या राह यह कठिन है,
पर सत्य तो वही उजागर होता है
जो अपनी धुन से निकले।

अलग राग में छिपा है साहस,
भीतर का विश्वास जगाता है,
वही हमें स्वयं से जोड़ता है
और समय पर अमिट छाप छोड़ता है।

इसीलिए मत डर
यदि स्वर तेरा अकेला लगे
इसी से संसार समृद्ध होगा
जब अलग राग गूँजेगा

४५ अस्तित्व के सोपान

हर प्रात: एक सीढ़ी उतरती है
अंधकार से प्रकाश की ओर
जैसे जीवन का मार्गदर्शक हो
और हम उसके पथिक मात्र हों

अस्तित्व के सोपान सहज नहीं
वे प्रश्नों और उत्तरोंत्तरों से बने हैं
हर पग पर एक नया द्वार खुलता है
जहाँ संदेह और विश्वास मिलते हैं

कुछ सोपान स्मृति के होते हैं
जहाँ अतीत पुकारता रहता है
कुछ भविष्य के शून्य में बँधे
जहाँ संभावना ही सहारा देती है

पर सबसे कठिन है वह सोपान
जो भीतर की ओर उतरता है
वहाँ मौन ही गुरु बनता है
और आत्मा अपना स्वर सुनाती है

अस्तित्व के सोपान अनंत हैं--
हम चढ़ते हैं, उतरते हैं, फिर चढ़ते हैं
और अंततःजान लेते हैं
कि यात्रा ही मंजिल है

४६. अवचेतन का अंधकार

मन की सतह चमकती रहती,
पर गहराई में धुंधला सागर है,
जहाँ अनकहे भय तैरते हैं,
और अधूरी इच्छाएँ करवट बदलती हैं।

दबी स्मृतियाँ यहाँ साँस लेती हैं,
जिन्हें दिन का उजाला छू नहीं पाता,
वे रात्रि के स्वप्नों में फूट पड़ती हैं,
जैसे छाया अपना चेहरा खोजती हो।

अवचेतन का अंधकार मौन नहीं,
वह फुसफुसाहटों से भरा है,
कभी वह पुकार बनकर चौंकाता है,
कभी मौन दबाव बनकर थका देता है।

हम ऊपर सजाते हैं आवरण,
विवेक और तर्क की झिलमिल रोशनी,
पर भीतर छिपी परछाइयाँ
कभी-कभी उस आवरण को फाड़ देती हैं।

कठिन यात्रा तभी आरंभ होती है,
जब हम इस आवरण में झाँकने लगते हैं,
क्योंकि स्वयं से सामना करना हो,
तो वही सबसे बड़ा आलोक बन जाता है।

४७. जीवन की अलख

जीवन की अलख सदा जलती है,
ज्यों धरा पर दीपक अनंत,
लहरों में बहकर भी न बुझती,
तूफ़ानों में भी रहती प्रज्वलित।

वह केवल श्वास का क्रम नहीं है,
न ही दिन-रात का आवर्तन,
यह तो चेतना की वह लौ है,
जो भीतर से मार्ग दिखाती है।

कभी-कभी यह अलख मंद पड़ती है,
जब मोह के बादल छा जाएँ,
पर सत्य की बयार चले तो,
यह फिर दहक उठती है।

जीवन की अलख साधना है,
सहज कर्म का संगीत,
जहाँ थकन भी तप बन जाती है,
और मौन भी मंत्र का स्वरूप।

जो इसे पहचान ले भीतर,
उसके लिए अंधकार भी ज्योति है,
जीवन की अलख वही जान पाता,
जो स्वयं को प्रकाशित कर लेता है।

४८. अस्मिता के घाव

अस्मिता के घाव दिखते नहीं,
वे त्वचा पर नहीं उभरते,
मन की भीतरी परतों में पलते हैं,
धीरे-धीरे रिसते रहते हैं।

किसी की अपेक्षा, किसी का तिरस्कार,
किसी का कठोर उपालम्भ —
ये सब अदृश्य तीर बनकर
अहं को भीतर से भेदते रहते हैं।

हम बाहर से सम्पूर्ण दिखते हैं,
पर भीतर में टूटे रहते हैं,
स्वाभिमान की धारा
घावों से निरंतर कलुषित रहती है।

परन्तु ये घाव
चरित्र के शिल्पकार भी बनते हैं,
पीड़ा के गर्भ से ही
नवसृजन का बीज फूटता है।

अस्मिता के घाव शाप नहीं,
वे चेतना के दीर्घ प्रवाह हैं,
जो उन्हें समझ ले, स्वीकार ले,
वही आत्मा की सम्पूर्णता पा लेता है।

४९. भीतर का अजनबी

भीतर कहीं कोई चलता है,
चुपचाप अनजानी चाल से,
उसकी साँस मेरी नहीं लगती,
आँखें भी मुझसे अलग दिखती हैं।

मैं उसे टालता हूँ, छुपाता हूँ,
पर वह परछाई-सा साथ चलता है,
कभी स्वप्नों में अचानक उभर आता है,
कभी मौन क्षणों में मुझे घूरता है।

वह मेरी दबी इच्छाओं का घर है,
अनकहे भय का मौन साथी,
मैं बाहर जो दिखता हूँ,
वह भीतर उससे अलग चेहरा रचता है।

कभी लगता है — वही सच्चा है,
मैं मात्र आवरण का खेल,
कभी लगता है — बोझिल छाया है,
जिससे भागकर भी मुक्त न हो सकूँ।

भीतर का अजनबी मेरा ही हिस्सा है,
पर मैं उसे पहचानने से डरता हूँ,
शायद उसी से मिलकर ही
मैं सचमुच अपने को जान पाऊँ।

५० प्रतिफल मिलता है क्या?

सवेरे बोए सपने जितने
सब साँझ तक बिखर गए,
हाथों में बचा रहा शून्य,
आँखों में धुंधला आकाश।

प्रतिफल कहाँ कोई मिलता है?
पथिक चलता है पथ पर ही,
पथ ही उसका यश–अपयश है,
शेष सब केवल मृगतृष्णा।

कभी श्रम ढलता फूलों में,
कभी धूल रह जाती केवल,
हृदय पूछे बारम्बार—
क्या श्रम ही हमारा प्रतिफल नहीं?

स्मृति के पन्नों पर अंकित
हर क्षण ही सबसे बड़ा पुरस्कार है,
जो बीत गया, वही शाश्वत है,
शेष सब प्रतीक्षा का बोझ।

प्रतिफल कहाँ कोई मिलता है,
या जीवन केवल अनुगूँज है?
किया हुआ सब कर्म अमिट है,
फिर फल चाहे अदृश्य रहे।

५१ त्याज है उसे त्याग दो

जीवन का पथ हल्का तभी होता है,
कि अनावश्यक भार उतर जाए।
जिन बंधनों में अर्थ शुष्क हो जाए,
त्याज है, उसे त्याग दो।

स्मृतियों की रूढ़ परतें
आत्मा को जकड़ लेती हैं,
कल की धूल में लिपटा वर्तमान
अपना तेज खो देता है।

लोभ की वल्गाएँ,
क्रोध की ज्वालाएँ,
मोह की परछाइयाँ—
सब चित्त को कलुषित करती हैं।
ये त्याज हैं, इन्हें त्याग दो।

त्याग पलायन नहीं,
उच्चता की दीक्षा है ये।
शून्यता भी वह गर्भ है,
जहाँ पूर्णता का अंकुर फूटता है।

अतः जो निष्फल, निष्प्राण है,
उसे सहज ही विसर्जित कर दो।
अस्तित्व का सौंदर्य तभी दीप्त होगा,
जब आत्मा निर्विकार, निर्भार होगी।

५२ दिखता है सब, वही नहीं है

जो दिखता है बस वही नहीं है
सतह के नीचे छिपा गहन संसार
झील की लहरों तले
अनगिन रहस्य मौन सोए रहते हैं

चेहरे की मुस्कान सदा सत्य नहीं होती
कभी वह आँसू ढ़क लेती है
वचन का उजाला भी भ्रम हो सकता है
जब भीतर अंधकार छुपा हो

दृश्य वस्त्र है, अदृश्य उसका तन
हम केवल आवरण पहचानते हैं
पर आत्मा की परछाई गहरे से
कभी-कभी स्वप्न में झलकती है

इस जग का सौंदर्य मायावी है
वह छवि जिसे हम पकड़ नहीं पाते
जो अनजाना है वही स्थायी है
जो दिखता है वह बह कर चला जाता है

जो दिखता है सब वही नहीं है
यह जानना ही पहला बोध है
दृष्टि जब भीतर उतर जाए
तभी सत्य का आलोक जगता है

५३ उड़ते फिरते बादल नभ में

उड़ते फिरते बादल नभ में,
क्षणभंगुर छाया और अनंत के प्रतीक।
न कभी रुकते, न कभी थमते,
जैसे चेतना का प्रवाह स्वयं।

रंग बदलते, रूप बदलते,
पर मौलिकता अडिग उनकी—
जल-वायु का अविनाशी मेल,
ज्यों आत्मा और अस्तित्व का रहस्य।

इसी मार्ग के पथिक हैं हम भी,
छाया में बंधे, समय की धार में बहते।
कभी भारी, कभी हल्के,
कभी वर्षा, कभी मौन— बस प्रवाह।

संदेश है बादलों का हमको—
स्थिरता भ्रम, अनंत में अस्थिरता ही मूल।
सब रूप क्षणिक, सब अनुभूति क्षणिक,
और केवल निरीक्षण स्थायी।

उड़ते फिरते बादल नभ में,
होते मनुष्य आत्मा का प्रतिबिंब।
जो न बंधे, न रुके, न थके,
केवल वर्तमान में स्वतःप्रवाहित।

५४ इच्छाएँ दूर नहीं होती

इच्छाएँ निर्वासित नहीं होतीं,
ये अस्तित्व की जड़ से जुड़ी हैं।
मानव के साँसों की भाँति,
ये मानव वजूद से गुंथी हुई हैं।

त्याग नहीं हो सकता इनका,
इनकी स्वतंत्र प्रकृति है।
निषेध करोगे — फैलेंगी ये,
स्वीकृति इन्हें दिशा देती है।

इच्छाएँ ही कर्म जनती हैं,
और कर्म मनुष्य की नियति है।
जीवन निष्प्राण है इनके बिना,
पर इनके अधिक होने से
ज्वालामुखी बन जाता है।

दार्शनिकता यही सिखाती है —
न निर्वासन, न अंधानुशासन,
केवल सजगता —
कि इच्छा साधन बने, साध्य न हो।

अतः इच्छाएँ न शत्रु, न कोई देव,
वे अस्तित्व का धड़कता तत्व हैं।
ज्ञान यही है कि उन्हें पहचानो,
और उनके बीच से मुक्तिपथ खोजो।

५५ काव्य दर्शन

काव्य — मौन का उच्चारण,
दर्शन — दृष्टि का अतिक्रमण।
जहाँ शब्द प्रतीक बनें,
और प्रतीक शून्य में विलीन हो,
वही काव्य-दर्शन है।

काव्य शब्द का आवरण नहीं,
वह तो मौन का उद्गम है।
जहाँ ध्वनि भी व्यर्थ हो जाती है,
वहाँ कविता साँस लेती है।

दर्शन दृष्टि की सीमा है,
जो इंद्रियों से परे झाँकता है।
जब वह कविता से मिलता है,
तो सत्य प्रतीक बन जाता है।

काव्य वही दर्शन है,
जहाँ दृश्य और अदृश्य
एक ही क्षण में टकराते हैं,
और चित्त स्वयं से संवाद करता है।

यह न श्रृंगार है, न उपदेश,
यह आत्मा का निर्वचन है —
वह गूँज जो किसी शास्त्र में नहीं,
किन्तु हर संवेदना में प्रतिध्वनित है।

काव्य-दर्शन अंततः वह दर्पण है,
जिसमें मनुष्य स्वयं को नहीं देखता,

बल्कि वह देखता है —
अपने होने के पार जो कुछ शेष है।

५६ मानस प्रसंग

मन एक यज्ञशाला है,
जहाँ विचार अग्नि की आहुतियाँ पड़ती हैं —
कभी धूमिल लपटें, कभी शुद्ध ज्वाला,
और हर आहुति से रूप लेता है जगत्।

यह प्रसंग अंतहीन है —
कभी वह माया का आवरण है,
कभी वह सत्य की झलक दिखा देता है।
मन ही बन्धन है, मन ही मुक्ति-द्वार।

स्वप्न और जागृति — दोनों का द्वार वही,
दृश्य और अदृश्य — दोनों का संगम वही।
जो भीतर की धारा को पहचान लेता है,
वह बाहर के तूफ़ानों से अछूता हो जाता है।

मानस प्रसंग में
अहम् अपनी नृत्य-लीला करता है,
और आत्मा गहन साक्षी बनकर
मौन में उसका खेल देखती है।

जो इस प्रसंग को समझ लेता है,
वह जान लेता है —
मन न मित्र है, न शत्रु,
वह तो अस्तित्व का उपाख्यान है,
जिसे पहचान कर ही आत्मा
अपने शुद्ध स्वरूप में प्रतिष्ठित होती है।

५७ आँखों की भाषा

आँखें बोलती हैं
बिना शब्द, बिना ध्वनि के।
उनकी भाषा गहरी है —
मन की अनकही तहों से उपजी।

कभी वे प्रश्न बन जाती हैं,
जिसका उत्तर कोई शब्द नहीं दे सकता।
कभी वे मौन में ही
हजारों ग्रंथों का ज्ञान समेट लेती हैं।

आँखों में छल नहीं टिकता,
वे भीतर का सब उजागर कर देती हैं।
वहाँ छिपा होता है
प्रेम का उद्गम, पीड़ा का इतिहास
और आकांक्षाओं का बोझ।

आँखों की भाषा अनुवाद्य नहीं,
वह तो प्रत्यक्ष अनुभव है।
जो समझ सके, उसके लिए
यह ब्रह्म की मौन वाणी है।

इसीलिए कहा गया है —
दृष्टि ही आत्मा का दर्पण है,
आँखें वह शास्त्र हैं
जो मनुष्य को स्वयं से परिचित कराती हैं।

५८ अपने होने से परे

जो मैं हूँ, वह स्थिर नहीं,
क्षण-क्षण बदलता है —
जैसे जल पर डोलती लहरें,
जिन्हें पकड़ना असंभव है।

होने का यह रूप
मात्र आवरण है —
अस्थायी नाम, क्षणिक आकृति,
जिन्हें मैं अपना मान बैठा हूँ।

किन्तु सत्य वहाँ है,
जहाँ होना समाप्त होता है —
जहाँ न अहम् की गूँज है,
न पहचान का भार।

अपने होने से परे
एक मौन क्षेत्र है,
जहाँ अस्तित्व स्वयं को नहीं पूछता,
केवल बहता है — निर्विकार, असीम।

वही क्षेत्र है मुक्ति का,
जहाँ 'मैं' विलीन हो जाता है,
और शेष रह जाता है
केवल 'होना' —
न मेरा, न तेरा, न उसका —
केवल शुद्ध सत्ता।

५९ अस्तित्व की सीमाएँ

अस्तित्व सीमाओं से बंधा है,
काल उसका प्रहरी है,
और स्थान उसका कारागार।
इन दीवारों के भीतर ही
जीवन अपनी लय साधता है।

शरीर सीमा है —
जन्म और मृत्यु के बीच।
मन सीमा है —
स्मृतियों और विस्मृतियों के बीच।
और आत्मा भी प्रश्नों के
अविराम जाल में उलझी रहती है।

मनुष्य क्षितिज की ओर देखता है,
पर पहुँच नहीं पाता।
हर सीमा उसके पथ में
अदृश्य रेखा बन खड़ी हो जाती है।

फिर भी सीमाएँ ही
अनंतता की खोज को जन्म देती हैं।
बन्धन न हों तो मुक्ति का स्वप्न कहाँ?
सीमित न हो तो असीम का आकर्षण किसे?

अस्तित्व की हर सीमा
मानव को उसकी नश्वरता याद दिलाती है,
और यही स्मरण
उसे गहनता में डुबो देता है।

अतःसीमाएँ न केवल बन्धन हैं,
ये सीढ़ियाँ भी हैं —
हर सीमा पार कर मनुष्य
स्वयं से परे झाँकने का साहस करता है।

६० विलक्षण मानव बुद्धि

मनुष्य की बुद्धि विलक्षण है —
वह अंधकार में भी
प्रकाश की संभावना खोज लेती है,
और प्रकाश में भी
छायाओं की गहराई टटोलती है।

यह बुद्धि प्रश्नों की अग्नि है,
उत्तर की धूल को उड़ाती हुई —
कभी निर्मम, कभी कोमल,
पर सदैव असंतोष से भरी।

वह शून्य को भी अर्थ देती है,
और अर्थ को शून्य बना देती है।
जो है, उसे उलट कर पूछती है,
और जो नहीं है,
उसे कल्पना से गढ़ लेती है।

मानव बुद्धि सीमाओं को नहीं मानती,
काल को चुनौती देती है,
नश्वरता के भीतर
अनश्वर का सपना बुनती है।

यही इसकी विलक्षणता है —
कि वह अपने बनाए बन्धनों को
तोड़ने का साहस करती है,
और हर असंभव में
संभव की ध्वनि सुन लेती है।

६१ विचार — संवाद की अनंत धारा

शब्दों से परे उठते स्पंदन,
मर्मस्थल में टकराती तरंगें।
प्रश्न–प्रतिप्रश्न के प्रतिध्वनि–पथ पर
मनुष्य स्वयं से होता आमने–सामने।

तर्क–ज्वालाएँ लपट बन उठतीं,
अनुत्तरित शून्य उन्हें निगलता,
और मौन का झरना रिसता भीतर —
जहाँ न ध्वनि, न उसकी प्रतिध्वनि।

सत्य का स्वरूप अचिन्त्य ही ठहरा,
छाया का मूल पकड़ में नहीं आता।
बहसें उतरतीं गूढ़ गहराइयों में,
जहाँ असंभव भी संभव का आवरण ढकता।

न कोई उत्तर, न कोई अंतिम वाक्य,
हर व्याख्या नए द्वार खोलती।
ज्ञान–पथ की यह अनंत यात्रा,
दृष्टि, दृष्टि में नया रूप धरती।

मन–मंथन का यह विराट क्रम
अर्थ को अनर्थ में पिरो देता,
आत्मा की अथाह तरंगों पर
अनुभव का गान बहता जाता।

यही है विचार–संवाद की अनंत धारा —
जो न ध्वनि में ठहरती, न मौन में,
केवल वह प्रवाहमान रहकर
मनुष्य को उसके भीतर तक ले जाती।

६२ भला, बुरा — कुछ स्थिर नहीं

आलोक और छाया की अंतर्लीला में,
कौन कहे किस ओर सत्य झुका?
सुगंध भी विष की गंध हो सकती है,
और विषधर भी रक्षक बन सकता।

मानव मन ही रचता सीमाएँ,
विभाजन के आभासी तट गढ़ता।
काल-चक्र परिभाषाएँ बदलता,
स्थिर नहीं रहता कोई निर्णय।

अतीत में पाप हुआ करता जो,
वर्तमान में पुण्य-गान हो गया।
पुण्य कभी अपराध हो गया,
इतिहास ने मुखौटे बदल दिए।

मन की तराजू ने तोला अर्थ जो,
बुद्धि के माप में लगे डोलने।
पर कौन है जो हो सके निर्णायक —
यही सदा शुभ-अशुभ रहा है।

शायद सत्य इसी गहराई में है,
कि मूल्य सदा छाया की भांति।
आकाश बदलते, दिशा बदलते,
और केवल प्रश्न शेष रह जाते।

भला-बुरा कोई कहाँ स्थिर है?
ये तो अनुभव का तरल आवरण है।
द्वंद्व में नहीं सत्य का वास,
अन्वेषण मात्र धाम है उसका।

६३ सवेदनाधारा

हृदय गहराइयों में उमड़ती तरंगें,
शब्दों में बंधन नहीं जानती।
मौन की धारा बनकर
अनकही कहानियाँ सुनाती हैं।

कभी ये आँसुओं में ढ़ल जाती,
कभी मुस्कान की उजली किरण बनती।
संवेदना का यह सूक्ष्म प्रवाह
सम्पूर्ण जगत को जोड़ता है।

यह प्रवाह न सीमाओं को मानता,
न किसी भाषा की दीवार देखता।
एक स्पर्श, एक दृष्टि, एक आहट,
भीतर का गान प्रकट कर देती हैं।

मानव अस्तित्व की यही पहचान है,
कि संवेदना के बिना
न शब्द टिकते, न विचार,
केवल रिक्त शून्य रह जाता है।

संवेदना प्रवाह ही जीवन है,
जो बहता है अनन्त, असीम।
यह पुल भी है, धारा भी,
और यही आत्मा का स्वर भी।

६४ मौन से पहले

शब्दों का कोलाहल उमड़ता है,
विचार अपनी सीमा तक भागते हैं।
कण्ठ थकता है, ध्वनि टूटती है,
और शेष रह जाता है एक अनकहा कंपन।

संवाद का क्षितिज सिकुड़ता है,
वाक्य अपनी गूँज को देते हैं।
मन भीतर उतरने लगता है,
और भाषा का द्वार बंद होने लगता है।

वह क्षण मौन से पहले का है,
न ध्वनि है, न निशब्दता।
केवल तरंगें हैं अधर में लटकी,
जो आत्मा को छूकर विलीन होना चाहती हैं।

यहां अर्थ स्वयं प्रश्न बन जाता है,
और प्रश्न स्वयं अर्थ को निगल लेता है।
अनिर्णय की धुंध में छिपा हुआ
सत्य अपने रूप को छिपा कर मुस्कराता है।

मौन से पूर्व ही आत्मा कांपती है,
जैसे गर्भ की अंधेरी शांति में
नव जीवन का संकेत हो—
अस्पष्ट, पर अनिवार्य।

और जब वह क्षण बीत जाता है,
मौन उतर आता है सम्पूर्णता में।
तब शब्द अस्थि-खंड हो जाते हैं,

और शेष रह जाती है
केवल आत्मा की ध्वनि।

६५ निकला था तेरे पास आने को

निकला था तेरे पास आने को मैं,
मन में हजार पुकारें लेकर।
हर मोड़ पर तेरी छवि बुलाती रही,
पर पांव जकड़ लिए समय की जंजीरों ने।

अधूरी राहों में ठिठक गए कदम,
आसमान में कड़कते बादलों के साए में।
मैं बढ़ा था मिलन के वादे की ओर,
पर नियति ने बाँध लिया अपने फंदे में।

तेरा चेहरा अंधेरों में भी चमकता रहा,
तेरी आवाज हवाओं में गूंजती रही।
मैंने सोचा था अब पास हूँ बहुत,
पर दूरी हर पल और बढ़ती गई।

दिल रो पड़ा, आंखें बोझिल हुईं,
हर साँस तुझे पुकारती रही।
पर आ न सका, टूट कर रह गया,
और वादा अधूरा रह गया।

निकला था, पर नहीं आ पाया,
यही मेरी पीड़ा, यही रही व्यथा।
मिलन का सपना अब भी ज्वलंत है,
जैसे राख तले अंगारा दबा हो।

६६ आत्मबोध की फॉंस

जैसे ही चेतना ने
स्वयं को पहचाना,
एक तीखा शूल
हृदय में धँस गया।

अनजाने अंधकार में
शांति थी, विस्मृति थी,
पर ज्ञान की ज्योति ने
नींद को चीर दिया।

अब हर क्षण
अपने होने का बोझ ढोता है,
और पूछता है –
मैं कौन, क्यों, कहाँ?

हर प्रश्न ही फॉंस है
जो निकलती नहीं,
और यही फॉंस
मनुष्य को मनुष्य बनाती है।

आत्मबोध सुख भी है,
पीड़ा भी है –
यही मुक्ति का द्वार खोलता है
और बंधन की गांठ भी कस देता है।

शायद यही नियति है चेतना की,
कि वह अपने ही बोझ से
व्याकुल रहे,

और उसी व्याकुलता में
अनंत की खोज करे।

६७ शब्दोत्तरित

जहाँ शब्द ढ़ह जाते हैं
अपने ही अस्तित्व के बोझ तले,
वहाँ अर्थ एक शून्याकार ज्योति बनकर
अनाम उपस्थिति में विलीन हो जाता है।

वाणी का संगीत
केवल पथरीली दहलीज तक पहुँचता है,
उसके पार मौन का विराट साम्राज्य है,
जहाँ आत्मा अपने आप को पढ़ती है।

शब्दोत्तरित उस पारावस्था में
व्याकरण का कोई विधान नहीं,
न ध्वनि का कोई अनुशासन,
सिर्फ चेतना की तरंगें
प्रकाश में थिरकती हैं।

वहाँ संकेत भी व्यर्थ हो जाते हैं,
सिर्फ अनुभूतियाँ आकार लेती हैं।
दृष्टि की नमी, स्पर्श का कंपन—
यही एक अघोषित शास्त्र लिखते हैं।

जो कभी कहा नहीं गया,
वही चिरस्थायी सत्य ठहरता है,
क्योंकि शब्द समय से बंधे हैं,
पर मौन अनंत की शिला पर अंकित है।

अतःजो शेष है,
वह न ध्वनि है, न वाणी,

बल्कि आत्मा की निस्पंद आहट
जो शब्दोत्तरित शून्य में गूंजती रहती है।

६८ अस्तित्व की ओर

अनगिनत भ्रमों की धुंधलाहट में
पथ जब-जब भीतर गहराइयों में मुड़ता है,
तब प्रश्नों की आहट साथ चलती है
और उत्तर कहीं मौन में टिमटिमाते हैं।

सत्ता का सागर न आरंभ जानता है,
न किसी सीमा का अंत स्वीकारता है।
हम केवल तरंगें हैं उस अथाह में,
क्षण भर उठते फिर लय हो जाते हैं।

आकृतियाँ बदलती रहती हैं निरंतर,
पर धुरी स्थिर है।
उसी पर घूमता है सम्पूर्ण काल,
उसी से जुड़ता है चेतना का सूत्र।

अस्तित्व की ओर चलना
बाहर की ओर से भीतर उतरना है,
जहाँ परत दर परत हटाएँ तो
आत्मा का नग्न सत्य झलकता है।

वहाँ कोई नाम नहीं टिकता,
कोई विशेषण अर्थ नहीं रखता।
सिर्फ शुद्ध होने की धड़कन
अपरिभाषित विस्तार से गूँजती है।

और यही यात्रा
अनादि से अनंत तक फैली है,
और मनुष्य जब भी स्वयं को खोजता है,
वह अस्तित्व की ओर ही बढ़ता है।

६९ साँसों की सरगम

हर श्वास एक सूक्ष्म स्वर है
जो अदृश्य वीणा पर बजता है
आवागमन की यह धड़कन
जीवन का पहला संगीत है

श्वास का आरोह उजाला लाता है
निश्वास का अवरोह शांति भरता है
दोनों के बीच की सूक्ष्म खामोशी
अनसुना मौन राग रचती है

कभी यह सरगम झंकार बनती है
आनंद के सुरों से भर जाती है
कभी वह धीमी और टूटती सी
पीड़ा का करुण आलाप बन जाती है

साँसों की लय निरंतर है
न थमती, न थकती, न टूटती
यही वह अदृश्य धारा है
जिससे अस्तित्व अपनी तान पाता है

अंततःजब अंतिम स्वर थमता है
और सरगम मौन में घुल जाती है
तभी प्रकट होता है वह नाद
जो अनंत में अनुगूँजित है

७० रिश्तों का मकड़जाल

स्नेह के धागों में बुने हुए,
सूक्ष्म व अदृश्य तंतु
जकड़ लेते हैं आत्मा को,
मानो स्वप्न में टांग अटक गई हो।

बन्धन की ऊष्मा कभी मधुर है,
कभी विष सा रिसने लगता है।
सुख-दुख की गांठे कस कर
स्वतंत्रता की साँसें रोक देती है।

मकड़ी की बुनाई सा यह संसार,
जहाँ हर धागा किसी ओर से जुड़ा है।
छूड़ाने का यत्न और उलझा देता है,
जैसे मुक्त होना ही बंध जाना हो।

रिश्ते दीखते हैं आलोकित दीप से,
पर उनके पीछे छाया भी चलती है।
जो प्रेम को ओझल कर देती है,
और स्वत्व को दर्पण हीन बना देती है।

मुक्ति तब है जब जान लिया जाए,
कि धागे अपने भीतर ही बुने हैं।
जाल को काटना नहीं,
बल्कि उससे दूर रहने का प्रयास करें।

७१ चेतन से पूर्व

जहाँ स्वप्न की धुंध छा गई हो
और जागृति की पहली किरण न पहुँची हो
वह अधूरी, गूढ़ अवस्था है
जहाँ मौन जन्म लेने को व्याकुल हो

न कोई चिंता, न कोई संताप
न निर्णय की लौ
केवल अस्पष्टता का शांत प्रवाह
विचार की झिल्ली थरथराए
पर शब्द अपनी सीमा पर ही ठहर जाएँ

अवचेतन की गुफा में
अंतर्मन की परछाइयाँ नृत्य करती हों
अनुभव की झलकियाँ
पहली किरण की प्रतीक्षा में रहें

स्वयं न अतीत, न भविष्य का प्रतिबिंब
केवल वर्तमान का अनिर्धारित स्पर्श
जहाँ "मैं कौन हूँ" प्रश्न
मौन में ही अपना उत्तर ढूँढ़ता हो

चेतन से पूर्व वह क्षण प्रस्फुटित होता है
जो सृजन का मूल है
वही क्षण बंधन और मुक्ति का संगम
जहाँ सीमाएँ स्वयं को चुनौती देती हों

और जब चेतना उगे इस मूल से
वह अनुभव रूपी प्रकाश में बदल जाए

पर सदैव पीछे छूटे पूर्व स्वरूप
चेतन से पूर्व — अस्तित्व का गूढ़ रहस्य

७२ ज्ञानांधता

जहाँ प्रकाश का घमंड है
वहीं छाया गहरी होकर बहती है।
ज्ञान का बोझ आँखों पर पड़ते ही
दृष्टि भीतर के सत्य से दूर हो जाती है।

पुस्तकें भरती हैं पन्नों में अगणित शब्द,
पर आत्मा का शून्य खाली रह जाता है।
जानकारियाँ जब शिला बन कर जमती हैं,
तो जिज्ञासा का सोता सूखने लगता है।

ज्ञाता होने का अहंकार
मनुष्य को और अज्ञानी बना देता है,
क्योंकि जानना केवल सीमा है,
समझना ही अनंत का मार्ग है।

ज्ञानांधता वह परदा है
जो प्रकाश में भी अंधकार रच देता है।
यह भ्रम कि सब कुछ ज्ञात है,
मनुष्य को सत्य से और दूर कर देता है।

मुक्ति तब मिलती है
जब जानना विनम्रता में ढलता है,
और ज्ञान अज्ञान के संग मिलकर
मौन की ओर झुकना सीखता है।

७३ यादों का भ्रमजाल

मन की गलियों में बिखरे हुए
अतीत के छायाचित्र हिलते रहते हैं,
जैसे टूटी हुई दर्पण किरचियाँ
हर ओर से चेहरा विकृत कर दें।

स्मृतियाँ कभी मधुर राग बनती हैं,
कभी पीड़ा की गाँठ कस लेती हैं,
पर दोनों ही छल का आभास हैं —
वे वर्तमान का सत्य नहीं कहतीं।

यादें समय को पकड़ने का भ्रम हैं,
जैसे रेत मुट्ठी में कस लेना —
जितना कसते हैं, वह उतना ही
हथेली से फिसल जाता है।

अतीत का यह जाल चमकदार है,
पर उसकी डोरें छाया में बुनी हैं।
जितना उलझते हैं उनमें हम,
उतना ही वर्तमान बेमानी हो जाता है।

मुक्ति तभी संभव है
जब स्मृतियों को केवल गूँज माना जाए,
और वर्तमान की निस्पंद धड़कन में
अस्तित्व की सच्ची आभा देखी जाए।

७४ प्रपंचना

जगत का जाल कितना सुहाना लगता है —
स्वप्न सा चमकता, माया सा डोलता।
पर भीतर की रिक्त गहराई
हर आभा को मिथ्या ठहराती है।

रूप, रंग, गंध, स्वाद और ध्वनि
सब मिलकर एक भ्रम का महल खड़ा करते हैं,
जहाँ प्रत्येक द्वार खुलता है
फिर उसी बंद अंधेरे में।

मन मोहता है सजल छवियों से,
जैसे जल पर उभरते इंद्रधनुष,
पर छूते ही रंग मिट जाते हैं,
और केवल तरंग शेष रह जाती है।

प्रपंचना का विस्तार अनंत है,
वह समय और स्थान को ढाँप लेती है।
हम सोचते हैं कि हम यथार्थ हैं,
जबकि सब कुछ छाया का खेल है।

छुटकारा इससे तभी हो जब जान लें —
भ्रम भी उसी का रूप है जो शाश्वत है,
और प्रपंचना की जाल-भूमि में
सत्य का शून्य मौन ही शेष है।

७५ जीवन का राग

साँसों की वीणा पर
अनकहे राग बजते हैं,
कभी मधुर गूँजते,
कभी तीखे बिखरते।

समय की ताल पर
हर क्षण लय पाता है,
कभी धड़कनें गति बनतीं,
कभी विराम मौन साधते।

आनंद और पीड़ा मिलकर
सप्तक का विस्तार रचते हैं,
हर आरोह में उड़ान है,
हर अवरोह में गहराई।

जीवन का राग न स्थिर है,
न अंत तक बँधा हुआ।
वह निरंतर बदलता,
स्वर-स्वर में नया अर्थ गढ़ता।

और अंततःमौन की गहराई
उसकी चरम तान बनती है,
जहाँ राग स्वयं मिट जाता है
और केवल अस्तित्व गूँजता है।

उस राग की स्मृति ही
मानवता की थाती है —
वही सेतु है समय के पार,
जो क्षणभंगुरता को अमर करता है।

७६ जमीनी हकीकतें

सपनों के महल कितने ही ऊँचे हों,
नीचे तो मिट्टी में ही धँसे होते हैं।
आकाश की उड़ान मोहक सही,
पर लौटना ज़मीन पर अनिवार्य है।

चमकते विचार, महान कल्पनाएँ,
जब जीवन की कड़ी धूप झेलते हैं,
तब उनका रंग उतर जाता है,
और शेष बच जाता है नंगा यथार्थ।

हकीकतें सख्त पत्थरों सी होती हैं —
न हाथ थामतीं, न साथ निभातीं।
वे केवल ठहर कर दिखाती हैं
कहाँ पाँव टिक सकते हैं, कहाँ नहीं।

मानव का गर्व, उसकी ऊँचाई,
सब इन्हीं परखों में टूटते बनते हैं।
ज़मीन की सच्चाई बार-बार
उसकी सीमाएँ याद दिलाती है।

जमीनी हकीकतें बोझ नहीं,
बल्कि धुरी हैं हर संभावना की।
यही कठोर धरातल है,
जहाँ से नए सपने ऊगते हैं।

७७ प्रेम — एक रहस्यमय तर्क

प्रेम गणित की गणना नहीं,
एक असंगतियों में समरसता है,
जहाँ दो विरोधी ध्रुव
एक ही धड़कन में बस जाते हैं।

वह तर्क की कसौटी पर नहीं ठहरता,
परंतु तर्क के बिना भी अधूरा है।
उसकी उपस्थिति ही
न्याय और अन्याय को नया रूप देती है।

प्रेम प्रश्नों का उत्तर नहीं देता,
बल्कि प्रश्नों को गहराता है।
यह जिज्ञासाओं का अनंत द्वार है,
जहाँ खोज स्वयं अनुभूति बन जाती है।

इसमें पीड़ा और आनंद
समान रूप से सहचर हैं।
वह आँसू को भी सार्थक करता है,
और हँसी को भी गूढ़ बना देता है।

अंततःप्रेम एक रहस्यमय तर्क है —
जो न सिद्ध किया जा सकता है,
न असिद्ध।
वह केवल जीया जा सकता है,
शब्दों से परे, मौन में।

७८ कविता की प्राथमिकताएँ

कविता की प्राथमिकता
शब्द का आभूषण नहीं,
अर्थ की गहनता है।
वह बाह्य अलंकरण से नहीं,
अंतर की चमक से दीप्त होती है।

कविता के सरोकारों में है
मानव संवेदना को जगाना,
जहाँ मौन की लहरें भी
हृदय में तरंगित होकर
उसके मानस को झकझोर दें।

कविता का धर्म है
प्रश्नों को जीवित रखना —
उत्तर तो क्षणभंगुर है,
पर प्रश्न ही शाश्वत चिंगारी बनकर
अस्तित्व को आलोकित करते हैं।

वह यथार्थ को छू कर भी
उसके पार दृष्टि फैलाती है,
जग की रगों में छिपी
अनकही वेदना का उद्घाटन करती है।

कविता की प्राथमिकता है
मनुष्य को उसकी सम्पूर्णता में देखना —
उसकी असफलताओं, आकांक्षाओं,
भ्रमों और सपनों के साथ।
क्योंकि कविता वही है
जो मानव होने का रहस्य खोलती है।

७९ आऊँगा, वादा रहा

आऊँगा, तुमसे वादा किया था,
विदा की उस घड़ी आँखें भीगी थीं।
तुम्हारी नजरें अब भी पूछती हैं मुझसे —
कहाँ चले गए तुम, कहाँ ठहर गए?

मैंने कहा था, बस कुछ पल की दूरी है,
फिर लौट आऊँगा तुम्हारे पास।
जैसे नदी सागर की ओर बढ़ती है,
वैसे ही मेरे कदम तुम्हारी ओर बढ़ेंगे।

राहों में काँटे भी बहुत आए,
आँधियाँ भी अक्सर रास्ता रोकती रहीं,
पर मन में तुम्हारी छवि जलती रही,
आशा का दीपक अडिग टिमटिमाता रहा।

कभी सपनों में तुम मुझसे मिलती हो,
कभी यादों में बाहों में भर लेती हो।
तुम्हारी धड़कन कहती होगी धीरे-धीरे —
"वह आएगा, वादा निभाएगा।"

आऊँगा, वादा रहा — यह सत्य है।
समय चाहे कितना भी बदल जाए,
हमारे बीच की दूरी मिट जाएगी,
और जीवन फिर से पूरा हो जाएगा।

www.ingramcontent.com/pod-product-compliance
Lightning Source LLC
LaVergne TN
LVHW010059061026
849532LV00007BA/2748
* 9 7 8 9 3 6 4 3 1 3 0 3 2 *